Progetto
di vita cristiana

testi di: Elena B. Ghivarello
disegni di: Arcangela Mimmo

Titolo | I miei 12 UM. Progetto di vita cristiana
Autore | Elena B. Ghivarello
ISBN | 978-88-91189-13-4

Youcanprint Self-Publishing
Via Roma, 73 – 73039 Tricase (LE) – Italy
www.youcanprint.it
info@youcanprint.it
Facebook: facebook.com/youcanprint.it
Twitter: twitter.com/youcanprintit

Nato un po' scherzosamente, come gioco di parole dopo un momento di meditazione e preghiera, da subito coinvolge per la freschezza delle immagini che evoca ed esplica; e per il messaggio che vuole far passare: mini-progetto cristiano in "pillole", che se meditato e vissuto pienamente, vede abbracciare le tappe fondamentali di un vero e proprio cammino di vita cristiana, impegnativo e *"agonistico"* come uno sport.

E, come in uno sport agonistico, il *vero sportivo* sa che esercitazioni mirate, semplici e continue, oltre ad un giusto stile di vita, servono ad ottenere e mantenere *attivo* e *muscolarmente tonico il proprio corpo*.

Si inizia magari in modo *amatoriale*, poi… chissà?

Certo è che, per essere *motivati* bisogna fare un incontro Speciale: *l'Allenatore* per eccellenza, conosciuto il quale nessuno sforzo ci sembrerà eccessivo, se vogliamo *vincere la gara*!

Buon cammino!
Lo staff

I miei 12 UM

1) **Umiltà**

2) **Umanità**

3) **Umano**

4) **Umanitario**

5) **Umidità**

6) **(H)umus/Umifero**

7) **(H)um!**

8) **Umore**

9) **Umorismo**

10) **Umettare**

11) **Umazione**

12) **Umbratilità**

LUNGO
IL CAMMINO
DELLA VITA

UM
Umiltà

UMILTÀ = "Gesù, mite ed umile di cuore, rendi il mio cuore simile al tuo!".
Voglio prendere a modello l'umile pratolina, la quale non piega la sua corolla, ma la tiene eretta con semplicità e slancio di vita e con la gioia di esistere per il suo Dio.

umiltà / verità / semplicità / fiducia ...

UMANITÀ = Voglio/desidero essere sempre consapevole che non vivo per me stesso, ma faccio parte di una moltitudine di fratelli che il Padre mi ha messo accanto in terra e che brama di avere con sé in Paradiso.

**fratellanza universale /
appartenenza / speranza ...**

UMANO = Voglio, devo ricordarmi e non posso che constatare ogni giorno che sono perfettibile, ma non perfetto. Per questo motivo dovrebbe risultarmi più facile perdonare me stesso e il prossimo, la cui grazia chiedo al Signore.

**conoscenza di sé /
compatimento / perdono ...**

UMANITARIO = Voglio/desidero che quando incontro qualcuno, questi abbia da me una "spremuta di Amore"; che con ognuno si rinnovi il miracolo della scintilla d'Eternità che rende speciale ogni attimo vissuto nell'Amore.

carità / fede …

UMIDITÀ = Voglio cercare di tenermi/essere sempre a bagno nella Misericordia Divina e gettarvi ogni giorno tutta l'umanità.

Misericordia / intercessione ...

(H) UMUS /UMIFERO = Voglio essere umifero, cioè terreno fertile, ricco di humus. Voglio pormi ogni giorno questa domanda, come scelta da rinnovare continuamente:
"Voglio essere oggi un terreno fertile per far germogliare e crescere la Parola di Dio in me e fertilizzare gli altri terreni?".

discepolanza / apostolato ...

HUM

H) UM! = Voglio meditare ogni giorno una Parola e dove e come trovare Gesù in ogni evento ed in ogni persona che incontro.

meditazione e ascolto ...

UMORE = Voglio cercare di essere sempre di buon umore, ricordando che "i santi sono i più allegri di tutti"(S.G.B.Cottolengo) e che "la santità consiste nello stare allegri" (S. Domenico Savio).

gioia ...

UMORISMO = Non guasta mai, anzi apre il cuore proprio e degli altri. Non gretta ironia, men che meno mordace, ma sano umorismo che unisce gli animi e li solleva e conforta.

servizio della gioia ...

UMETTARE = Voglio umettare le labbra riarse di Gesù che sulla Croce grida che ha sete di anime. E voglio cercare di pormi in atteggiamento di umettare con amorosa accettazione le mie labbra all'amaro calice di cui Gesù si degna ogni giorno farmi partecipe.

**missione di carità /
vocazione /
volontà di Dio ...**

UM

Umazione

UMAZIONE = Voglio sforzarmi di compiere atti di Amore e patire in silenziosa offerta per seppellire ogni giorno di più l'uomo vecchio che è in me, in una tensione continua verso quella rinascita rinvigorente e vivificante come la rugiada mattutina per l'erba dei prati

olocausto e metànoia.

UM
Umbratilità

UMBRATILITÀ = Voglio/desidero stare nell'ombra, nella riservatezza dell'anima, appartata nell'intimo con Gesù solo, unico e vero Amico.

nascondimento / deserto / contemplazione ...

Finito di stampare nel mese di Maggio 2015
per conto di Youcanprint *Self-Publishing*